BERTOL-GRAIVIL

★

LA RÉDEMPTION D'ISTAR

D'ISTAR

SCÈNE LYRIQUE

PARIS
EN VENTE AU BUREAU DU JOURNAL « LE PROGRÈS ARTISTIQUE »
24, Rue Pétrelle, 24
—
1879

*Prix : **25** centimes.*

À Madame Irma Marié,

À la grande artiste,

À notre dévouée et remarquable interprète,

*Témoignage de profonde reconnais-
sance et de vive sympathie.*

Ch. de S.   B.-G

1879

★

LA RÉDEMPTION D'ISTAR

D'ISTAR

SCÈNE LYRIQUE

PARIS

EN VENTE AU BUREAU DU JOURNAL « LE PROGRÈS ARTISTIQUE »

24, Rue Pétrelle, 24

1879

Prix : **25** *centimes.*

LA
RÉDEMPTION
D'ISTAR[1]

SCÈNE LYRIQUE EN DEUX PARTIES

POÈME DE	MUSIQUE DE
BERTOL-GRAIVIL	Ch. de SIVRY

Exécutée pour la première fois à Paris le 29 Juin 1879 à la Société des Concerts-Conférences. — THÉATRE DES NATIONS.

ISTAR......... M̂me IRMA-MARIÉ
du Théâtre national de l'Opéra-Comique.

LE BERGER... M. L. MAUZIN

---

[1] Astarté (Légende babylonienne).

PREMIÈRE PARTIE

———

RÊVOLTE

Istar, révoltée contre les phalanges célestes, se voit abandonnée de ses compagnons.

ISTAR

Trahie, abandonnée, ô lâches compagnons
De ma haine.
Grâce à votre faiblesse aujourd'hui nous régnons
Sur le Chaos. — En moi la rage se déchaîne!

(Orchestre.)

I

O lutte ardente,
Qui m'épouvante,
Je suis au pouvoir de mes ennemis.
Rage effroyable,
Haine implacable,
A leurs mains de fer mes bras sont soumis.

Sous le souffle ardent des nuées,
Les fiers Elohims se sont affermis
Et font sur mon corps pleuvoir des buées.

Lâches esprits,
Vous qui fuyez devant les anges de lumière,
Moi, la dernière,
L'injure aux lèvres, le mépris
Au cœur, j'ai combattu sans voir,
Sans nul espoir.

* *

Ainsi, j'aurai bravé les plus puissants des dieux,
Les brillants Elohims dans leur Ciel orgueilleux,
Et seule, abandonnée,
A quel supplice affreux serai-je condamnée ?

II

Dans les ténèbres,
Des cris funèbres,
Troublaient le repos des cieux étoilés,
Et des nuages,
Chargés d'orages,
Roulaient lourds et noirs et comme affolés.

Poussant devant eux les tonnerres,
Tous mes compagnons, vaincus, aveuglés,
Tombaient en hurlant d'infâmes prières.

Soyez maudits,
Soyez remplis d'horreur, de crainte, d'épouvante,
Que dans les sombres nuits de vent et de tourmente
L'effroi vous arrache des cris.
Soyez maudits!

Horreur! Voici le châtiment terrible,
Je vois s'ouvrir l'abîme horrible.
Elohim, Elohim, soyez maudits!

(Orchestre.)

Istar, précipitée, roule de monde en monde jusque sur cette terre d'infé-
riorités.

DEUXIÈME PARTIE

RÉDEMPTION

(Orchestre.)

Les bords d'un ruisseau. — Plaine. — L'Aurore. — Amour du berger pour l'Etoile.

LE BERGER

Récitatif.

Ah ! nouvelle aurore.
Firmament, firmament, demeure des très-hauts,
Le premier des rayons du soleil te colore,
Dans les prés verts s'éveillent mes troupeaux,
Salut, ô firmament, salut, nouvelle aurore.
Tu parais dans l'azur lointain,
La nuit lève son voile,
O mon seul amour, Reine du matin,
. . . .
Pauvre berger ! J'aime une étoile.

Romance.

1

Quand j'étais tout petit enfant,
Ma vieille aïeule en me berçant,
Me parlait de l'astre de flamme ;
J'ai gardé comme un souvenir,
L'amour qui me fera mourir,
Est-ce une étoile, est-ce une femme?
Non, c'est la moitié de mon âme.

———

Mais là, derrière les roseaux,
Que vois-je de brillant scintiller sur les eaux,
C'est Elle, Istar la blonde,
Istar, que je vois là,
Je te rejoins dans l'onde,
Etoile me voilà !

Il va pour se précipiter dans le fleuve, mais s'arrête en entendant la voix d'Istar.

ISTAR

Ayez pitié, — je me repens, — douleur cuisante,

LE BERGER

Sa voix! c'est elle.....

ISTAR

Hélas! pardon!

LE BERGER

.....qui se lamente,
O ma pauvre Étoile.

ISTAR

O terrible loi!
L'Eternel aura-t-il jamais pitié de moi.

Arioso

Cruels juges, cruels archanges,
N'est-il pas de pardon, d'oubli,
Vos inexorables phalanges
Voient-elles pas mon front pâli,

Mon orgueil n'est plus, j'ai vu luire
Là-haut l'étoile des Elus
Je suis lasse de tout détruire,
Vains remords, regrets superflus.

Le Berger

Pauvre berger!... j'aime une étoile.

II

Quoi, c'est elle qui pleure ainsi
O mon cœur, dis-moi son souci,
Car je veux souffrir autant qu'elle.
Si son malheur est sans pitié
Je dois en avoir la moitié.
O mon Étoile, je t'appelle.

* *
*

Prends pour te racheter l'amour que je recèle.

L'amour du berger donne un corps à l'Etoile.

ISTAR

Mais quel est ce rayon soudain,
Istar n'est plus, je ne suis plus moi-même.
Berger, ton grand amour lointain
Me rachète, je puis prier. Berger, je t'aime !

Ah ! nouvelle aurore
Mon cruel tourment va s'achever,
Car ma haine a fait place aux plaisirs que j'ignore,
Son pur amour est venu me sauver ;
Je t'aime, ô mon berger, salut, nouvelle aurore.

Anges séraphins,
Portez vers LUI ma prière,
Que vos chants divins
Montent au trône du Père.
Anges séraphins,
Portez vers LUI ma prière.

Le Berger

O gloire immense et pure,
Amour éternel et sacré,
Suivons le chemin éthéré,
Salut, réveil de la nature.

Anges séraphins,
Portez vers LUI ma prière.
Que vos chants divins
Montent au trône du père.
Anges séraphins,
Portez vers LUI ma prière.

PARIS. Imp. ROBERT & BUHL, rue Berthe (Montmartre).